REVUE

ARCHÉOLOGIQUE

(ANTIQUITÉ ET MOYEN AGE)

PUBLIÉE SOUS LA DIRECTION

ALEX. BERTRAND ET G. PERROT

MEMBRES DE L'INSTITUT

GERMAIN BAPST
—
SOUVENIRS DU CAUCASE
FOUILLES SUR LA GRANDE CHAINE

PARIS

ERNEST LEROUX, ÉDITEUR

28, RUE BONAPARTE, 28

—

1885

Pour la reproduction et de la traduction réservés

L'administration et le Bureau de la *REVUE ARCHÉOLOGIQUE* sont à la Librairie Ernest Leroux, 28, rue Bonaparte, Paris.

MODE ET CONDITIONS DE L'ABONNEMENT

La *Revue archéologique* (troisième série) paraît chaque mois à partir de janvier par fascicules de 64 à 80 pages grand in-8°, qui forment à la fin de l'année deux volumes ornés de 24 planches gravées et de gravures sur bois intercalées dans le texte.

PRIX :

Pour Paris. Un an... ... ...   25 fr. | Pour les Départements. Un an .   27 fr.
—   Six mois... ... ...   14 fr. | Pour l'Étranger. Un an... ...   28 fr.

On s'abonne également chez tous les Libraires des Départements et de l'Étranger.

SOUVENIRS DU CAUCASE

FOUILLES SUR LA GRANDE CHAINE

RAPPORT AU MINISTRE

Monsieur le Ministre,

J'ai l'honneur de vous rendre compte de la mission archéologique que M. le président du conseil, votre prédécesseur au département de l'instruction publique, m'avait confiée par arrêté du 7 avril 1883.

Grâce à l'accueil du gouvernement russe, j'ai pu exécuter quelques fouilles dans la grande chaîne du Caucase, notamment dans le Daghestan occidental (district de Dido), dans la Touchétie, dans la Kewfsourie et dans le Pcharwel, pays qui, à l'exception des Russes, n'avaient pas encore été parcourus par des Européens.

Ces fouilles ont eu pour résultat de mettre au jour un certain nombre d'objets, et en même temps de donner quelques indications sur les peuples de ces contrées montagneuses dont l'histoire, tant au point de vue politique qu'au point de vue ethnologique, est encore inconnue. Malheureusement, en raison des difficultés du pays qui proviennent de la nature des montagnes, et de la différence considérable des dialectes, souvent dissemblables d'un village à l'autre, ces fouilles n'ont pu être aussi nombreuses ni aussi productives que nous l'aurions voulu.

Ce fut à Quittiro que j'ouvris les premiers tombeaux. (Quittiro, chef-lieu d'un naïbat du Dido. Voir sur la carte d'état-major russe de cinq verstes, planche G, 6.)

Ce petit village est appuyé au sud à la grande chaîne d'Andi

et séparé au nord-est du district de Tindi par des contreforts de cette chaîne qui, dans les parties les plus basses, mesurent encore plus de 3,500 mètres et dont les chemins, détruits annuellement par les neiges, sont impraticables pendant neuf mois.

Lorsque nous passâmes le dernier contrefort situé en avant de Quittiro le 6 juillet, le chemin n'avait pas encore été franchi depuis l'été précédent, et pour nous faire traverser la montagne, le naïb de Tindi avait dû faire mettre sur pieds deux cents hommes de son district pour tracer un chemin praticable. A Quittiro, il s'agissait de fouiller un ancien cimetière; ce naïb l'avait déjà exploré en partie pour le compte d'un ancien vice-gouverneur du Daghestan, le général lieutenant Komaroff, archéologue distingué qui a fait toute sa carrière au Caucase, et y a recueilli ou fait recueillir par ses subordonnés tous les objets qui lui ont paru de quelque intérêt. Il possède aujourd'hui la collection la plus intéressante ou en tout cas la mieux classée des antiquités caucasiennes, après celle du musée de Tiflis.

Grâce à la connaissance que le naïb avait du cimetière, nous fûmes en peu de temps en présence d'un certain nombre de tombes alignées les unes à côté des autres ; la suite de ces tombeaux partait d'un ravin qui se trouvait dans le fond de la vallée, et s'élevait perpendiculairement au torrent jusqu'au premier contrefort de la montagne.

Après avoir ouvert un certain nombre de tombeaux, il nous fut facile de constater que les corps avaient été placés à même le sol, la tête tournée du côté du sud, du moins pour les hommes; il fut également facile de se convaincre que ces derniers avaient été inhumés avec une ou plusieurs armes dont les débris se trouvaient souvent au milieu du corps, à la ceinture. Au contraire, les femmes avaient été incinérées, et leur cendres, enfermées dans des sacs de toile avec leurs bijoux, étaient déposées dans une tombe beaucoup plus petite que celle des hommes.

Les corps des hommes, mis à même le sol, étaient dans une fosse rectangulaire de deux mètres de long sur quatre-vingts centimètres de largeur et de hauteur. Au-dessus du corps était un

tombeau également rectangulaire, formé de dalles en parois sur
les quatre côtés et en plafond à peu près comme les dolmens. En
général, les tombes que nous avons ouvertes en cet endroit étaient,
actuellement enfouies à deux mètres dans le sol ; elles étaient en
tout point semblables à celles découvertes à Mzket par M. Bayern
et qu'on retrouve dans toute la chaîne du Caucase depuis Tiflis
jusqu'à la mer Caspienne.

Les tombeaux des femmes étaient beaucoup plus petits, construits de même et ne mesurant guère qu'un mètre sur cinquante
centimètres de largeur et autant de hauteur.

Le sac contenant les cendres était en tissu très épais ; certaines
parties de ce tissu existaient encore, l'extrémité et l'ouverture
du sac étaient garnies de bandes de cuir que nous avons retrou-
vées à peu près intactes dans une des tombes ; dans les autres
es morceaux d'étoffe et de cuir tombaient et se décomposaient à
mesure qu'on les touchait.

Les bijoux que nous avons retrouvés étaient mélangés avec
des cendres et des morceaux de charbons dans ce qui restait des
sacs d'étoffes.

C'étaient des bracelets cordés en bronze, des anneaux également en bronze formant cercle, le tout sans aucun art.

Les squelettes n'existaient plus qu'à l'état de très grande
décomposition : les crânes avaient complètement disparu et l'on
ne trouvait intactes que les mâchoires.

Quelquefois l'on voyait des débris peu importants d'étoffes
dont nous avons pu néanmoins conserver un léger spécimen.

A l'emplacement que devait occuper le centre du corps, on
apercevait quelques parcelles de fer que les Nukers, qui ouvraient
les tombes, appelaient kandjars ; dans une seule nous avons re
trouvé une armature en bronze qui formait la partie supérieure
du fourreau de cette arme.

Malgré l'appellation de kandjars donnée à ces couteaux, nous
n'avons pu, après avoir reconstitué aussi bien que possible deux
de ces instruments, y retrouver la forme de cette arme nationale
du Caucase dont la véritable origine est tcherkesse ; la lame de

ces couteaux paraît être beaucoup plus étroite sans toutefois être
plus longue.

Autant que nous avons pu nous en convaincre, ces tombeaux
étaient ceux d'une population qui pourrait être encore celle du
village de Quittiro, distant de ce cimetière d'à peu près sept à
huit cents mètres; en tous cas, les quelques objets trouvés par
nous permettent d'affirmer que la population ensevelie en cet
endroit était excessivement pauvre; en second lieu, sans con-
naître aucunement la date de ces inhumations ou de ces inciné-
rations, on peut affirmer qu'elles remontent à une époque anté-
rieure à l'introduction de l'islamisme au Daghestan, c'est-à-dire
à environ mille ans d'existence.

Ce fait ne nous paraît point douteux; le mollah du village nous
expliqua, en effet, que ces cadavres n'avaient point été ensevelis
suivant le rite musulman, sans quoi les têtes eussent été tour-
nées vers l'Orient et les femmes n'eussent point été incinérées;
le naïb et lui n'auraient point laissé fouiller le cimetière, s'ils
n'avaient eu la certitude qu'il ne contenait que des chiens de
païens.

L'ouverture d'une vingtaine de tombes de ce cimetière
n'avait donc à peu près rien produit; le naïb qui commandait
notre escorte et nous accompagnait, nous promit alors de nous
mener avant la fin du jour sur le haut d'une montagne où nous
trouverions, nous dit-il, des petites figures d'hommes en bronze.

En effet, arrivés au village de Retlo, presque sur la limite de
la Touchétie, il nous montra un pic escarpé qui dominait tout le
panorama des montagnes que nous avions devant nous.

Nous nous dirigeâmes alors immédiatement avec nos Cosaques
sur la cime indiquée; nous mîmes à peu près quatre heures pour
la gravir jusqu'à une espèce de contrefort au delà duquel nos
chevaux ne pouvaient plus monter.

Une partie des Noukers établit le camp, tandis que l'autre
partie, armée de pelles et de pioches, gravit avec nous les escar-
pements du rocher, jusqu'à ce que nous fussions arrivés sur le
sommet qui présentait un léger mamelon de terre végétale au-

dessus d'une masse de roches blanchâtres, semblable à l'albâtre,
et dont la superficie pouvait bien avoir quatre mètres de dia-
mètre à son point culminant.

Le naïb nous expliqua qu'un des bergers du village ayant
amené son troupeau dans les environs, s'était aperçu, en remuant
la terre, de l'existence de ces petites figures de bronze.

Il en avait aussitôt prévenu le starchina du village : ce détail
était ensuite parvenu par voie hiérarchique à la connaissance du
général Komaroff; ce dernier avait alors chargé le naïb de
Quittiro de faire des fouilles en cet endroit et de lui en faire par-
venir le résultat.

Le naïb avait déjà trouvé, nous disait-il, plus de deux cents
statuettes que le général possédait actuellement ; il était con-
vaincu que nous en retrouverions encore.

Aux premiers coups de pioche des Noukers, nous trouvâmes
quelques-uns de ces bronzes; et au bout de deux heures de
fouille, comme la nuit commençait à tomber, nous abandon-
nâmes le mamelon pour retourner au bivouac qui était établi un
peu en dessous.

Nous avions trouvé trente-trois petites figures qui, à l'exception
d'une seule à laquelle il est impossible de reconnaître une signifi-
cation quelconque, représentent toutes des hommes avec les bras,
appuyés sur le ventre ou bien avec les mains écartées et les pouces
enfoncés dans les oreilles. (Seul le n° 12 est dans une position
différente, voir planche I.)

L'une d'elles, le n° 22, peut se rapporter au type le plus
parfait de ce genre de statuettes, la forme humaine y a encore
quelques côtés de vraisemblance et l'on peut suivre la progres-
sion de la décadence qui nous amène enfin à cet assemblage de
lignes géométriques qui ne ressemblent plus à rien (n°s 11 à 7).

Nous aurons l'occasion de revoir deux autres petits bronzes du
même genre et avec la même pose que le n° 12, mais plus carac-
téristiques, que nous avons trouvés un peu plus tard dans la
Kewfsourie. Nous expliquerons alors les rapports ou les dissem-
blances de ces deux espèces de figures.

. A côté de ces statuettes, nous trouvâmes une épingle de bronze terminée par trois branches tressées et couronnées à leur extrémité par un bouton (voir figure 34); une autre semblable a été trouvée au Kasbeck par M. Bayern; elle est au musée de Tiflis. (Cette dernière est brisée.)

Les figures que nous avons trouvées sur le pic de Retlo semblaient avoir été jetées indifféremment sur le sol; malgré le soin avec lequel nous remarquions la place de chacun de ces objets, nous n'avons pu rien découvrir indiquant une position commune occupée par chacun d'eux.

L'une de ces petites figures (n° 19), est terminée par une espèce de base percée d'un clou qui permet de supposer qu'elle était destinée à être fixée sur un autre objet; une autre, le n° 29, nous a plus vivement frappés que les autres, parce qu'elle offre un détail assez intéressant.

Le personnage qu'elle représente porte, marqués d'une façon très visible, une ceinture et un baudrier tous deux fort larges.

Toutes les populations de races différentes du Caucase ont actuellement, et depuis un temps que nous ne saurions définir, abandonné leurs costumes particuliers pour prendre le costume des Tcherkesses, qui est devenu par ce fait le costume national du Caucase; or, l'on sait que le Tcherkesse porte en effet une ceinture supportant le kandjar et un baudrier supportant le sabre, mais le tout est formé d'une courroie des plus étroites qui ne peut se rapporter au détail de costume indiqué sur la statuette en question.

Par conséquent, ce fait, à notre avis, n'est intéressant que comme constatation, il ne peut amener à une induction parce que l'existence des objets qu'il indique et la façon de les porter sont presque universelles.

Il serait désirable de pouvoir rapporter les deux attitudes que nous retrouvons sur ces figures à une pratique ou à une habitude quelconque d'une des populations qui habitent ou ont habité le Daghestan.

Les deux positions des mains sur le ventre ou de chaque côté

de la tête paraissent avoir une certaine analogie, car dans une des
figures, le n° 27, elles sont confondues, et ne forment pour ainsi
dire qu'une.

Il est inutile d'insister sur les côtés érotiques de ces bronzes,
les détails en sont visibles de prime abord.

En premier lieu, on est tenté de rechercher si nos musées
contiennent quelques pièces se rapprochant du genre de celles
que nous avons découvertes.

Je n'ai jamais vu de statuettes pareilles à celles-ci[1]; du reste,
il n'y aurait pas lieu, si l'on trouvait des pièces similaires, d'en
conclure que les deux peuples qui les ont produites aient des
points de corrélation.

La grossièreté du dessin a pu seule les rapprocher; chaque
peuplade barbare a donné des figures avec la même difformité,
et a interprété la nature humaine avec la même insuffisance,
sans qu'il y ait jamais eu de rapports entre ces peuplades; l'ignorance et par conséquent la grossièreté de leurs productions sont
leurs seuls points communs.

Pour notre part, nous croirions nous hasarder en tirant une
conclusion quelconque de l'existence de ces différents objets.

Notre seul rôle est de les présenter au public en attendant que
de nouvelles découvertes viennent donner un intérêt d'un genre,
tout à fait différent à ces fouilles exécutées dans un pays aussi
peu fréquenté.

Retlo est le point extrême du Daghestan occidental, et pour
arriver au premier village des Touches, il fallait franchir plusieurs vallées et plusieurs montagnes sur un espace d'à peu près
cent kilomètres.

Une de nos premières haltes eut lieu à Parsma, village pareil
à tous ceux des Touches, dont les maisons semblent être des
forteresses en pierre de taille. En avant des maisons, est un
monument religieux (il s'en trouve également dans tous les

1. On les a comparées aux statuettes de Sardaigne, auxquelles elles ne ressemblent nullement; une statuette du Musée archéologique de Vienne se rap-
pocherait plutôt de celles de Retlo.

villages touches). Ces monuments, d'un aspect bizarre et d'une architecture originale, n'ont jamais été décrits ni reproduits nulle part ; à l'entour du monument et sur ses murailles on trouve toujours des cornes de différents animaux ; mouflons, cerfs ou autres que les populations ont offerts en sacrifice à je ne sais quelles divinités, derniers vestiges du paganisme. D'après les renseignements que nous obtînmes d'un prêtre géorgien, qui exerçait son ministère depuis longtemps dans le pays, différents animaux en bronze étaient enfouis à l'entour de ces monuments, et c'était eux que l'on adorait en arrosant la terre qui les couvrait du sang des victimes dont on voyait les cornes.

Il fallait agir avec beaucoup de précautions afin de ne pas exciter les populations, aussi nous ne pûmes faire qu'une fouille assez restreinte : nous ne trouvâmes rien, forcés que nous fûmes de nous arrêter devant l'excitation croissante des indigènes.

À l'extrémité du territoire des Touches, presque sur la limite de la Kewfsourie, à Phonstio, nous trouvâmes au milieu du village, en travers d'un sentier, trois ou quatre dalles qui émergeaient du sol. Un de nos Noukers nous fit observer que ce devait être des tombeaux fort anciens, puisqu'ils étaient sous un chemin.

Immédiatement une partie de notre escorte se mettait à fouiller et nous fûmes bientôt, à deux mètres au-dessous du sol, en présence d'un certain nombre de tombeaux absolument construits de la même façon que ceux que nous avons décrits au Daghestan. À l'exception d'un seul, ils ne contenaient absolument rien que des vestiges de squelettes très mal conservés.

Le tombeau où nous trouvâmes un certain nombre d'objets était placé au centre de l'espace occupé par les autres ; c'était celui d'une femme ; le corps était entièrement décomposé ainsi que le crâne, tandis que certaines parties d'étoffes étaient à peu près intactes ; à l'emplacement du cou, se trouvait un certain nombre de boules en argent percées qui avaient dû évidemment faire partie d'un collier (voir planche IV) ; les fils qui réunissaient ces boules s'étaient décomposés ; autour du bras et des mains un grand nombre de bracelets en bronze de différentes formes, les uns plats, formés d'une lame contournée non soudée, les autres en bronze coulé avec des dessins géométriques de lignes droites faites au burin, également non soudés à leurs extrémités ; au milieu du corps une grande plaque de bronze qui devait servir d'attache de ceinture. Au-dessous, trois chaînes fort curieuses d'une très belle patine verte, réunies à leurs extrémités par deux grands crochets en bronze et maintenant à l'un des bouts cinq dés à coudre, également en bronze.

Sur le devant de la poitrine en lignes verticales étaient des boules en argent à peu près semblables à celles que portent encore les femmes dans ce pays les jours de fêtes ; au-dessous du collier, entre les deux lignes de boules qui se portaient sur la poitrine, se trouvaient quatre anneaux de bronze qui devaient être attachés à la robe comme ornement.

A ces anneaux étaient enfilés un certain nombre d'objets dont nous ne pouvons indiquer exactement la matière, mais qui pourraient être des dents ou encore des phosphates de chaux, des turquoises par exemple. Dans le tombeau se trouvait une dent très longue ainsi que plusieurs boules de verre telles qu'on en retrouve dans nombre de tombeaux de peuples très différents.

Quelle peut être l'époque de cette inhumation ? C'est un fait sur lequel nous n'oserions point nous prononcer, l'état des étoffes nous faisant supposer l'existence relativement peu ancienne de cette tombe ; d'un autre côté, les différents indices recueillis dans le pays, l'existence du chemin au-dessus d'elle, l'ignorance où étaient les habitants du pays relativement à ces tombeaux, tout est de nature, en dehors de la conservation des étoffes, à nous faire croire cette sépulture ancienne.

Ces peuples d'origine probablement géorgienne, mélangés de Tchetchanes, n'ont pas eu depuis bien longtemps de changement dans leur religion (chrétien géorgien mélangé de rites païens). Leurs mœurs et leur histoire sont inconnus, par ce fait qu'ils sont pour ainsi dire isolés du reste du monde, et vivent dans leurs montagnes sans avoir jamais de relations avec aucune peuplade. Leur langage étant différent de celui de toutes les populations qui les entourent, cette ignorance s'accroît encore : rien ne peut donc venir aider l'archéologue dans ses recherches sur ces antiquités.

Phonstio est le point extrême de la Touchétie ; pour passer de là en Kewfsourie, nous franchîmes le Téboulos, à quatorze mille pieds d'élévation, dans la matinée qui suivit ; le passage ne s'effectua pas sans difficultés ; nous n'arrivâmes sur le versant opposé qu'après avoir laissé deux chevaux au fond d'un ravin et nous vînmes coucher à Ardot, en pleine Kewfsourie.

Le Kewfsouré est sauvage ; il se couvre d'un casque et d'une cotte de mailles avec une croix de drap rouge sur la poitrine et ne sort jamais sans son bouclier ; on l'a appelé souvent le Fils des croisés.

Les caractères saillants de cette population sont à coup sûr la saleté et l'amour des couleurs criardes.

Le village kewfsoure où nous nous arrêtons est Ardot, espèce de nid d'aigle situé sur une montagne à pic, entourée de tous côtés de ravins et d'autres montagnes ; dans toute la Kewfsourie, lorsque l'on aperçoit une certaine quantité de pics, on les voit couronnés par un monument en pierres sèches ayant la forme d'un obélisque ; ces monuments ont un caractère religieux qu'il nous a été impossible de définir devant le mutisme absolu des populations. Nous résolûmes, aux environs d'Ardot, de faire quelques fouilles autour de l'un de ces monuments ; après une tranchée assez profonde, nous trouvâmes deux petites figures en bronze un peu différentes des précédentes, mais ressemblant dans leur position au n° 12 de la trouvaille de Retlo ; l'une a les jambes écartées, tandis que l'autre les a réunies. (Voir pl. V.) Elles brandissent de la main droite une lame et de la main gauche elles semblent parer un coup en la portant en avant ; leur tête rappelle un peu le caractère des figures grecques des vases archaïques. On pourrait croire que ces types ont quelques ressemblances avec un des bronzes phéniciens du Musée Napoléon III décrits par M. de Longpérier, mais il est facile de voir plusieurs traits de dissemblance entre les deux objets, dans le bronze du Musée Napoléon III, les yeux sont marqués en creux tandis que dans nos figures, ils sont simulés par deux boules en relief. Ces statuettes ne nous ont pas paru très anciennes : les habitants du pays avaient évidemment connaissance de leur existence au sommet de la montagne [1].

Le temps nous manquait malheureusement pour continuer nos fouilles dans la Kewfsourie. Nous fûmes obligés de nous en tenir là.

La Kewfsourie est séparée du Pcharwel par la grande chaîne du Caucase; nous la franchîmes non loin des sources de l'Aragwa, un des principaux affluents de la Koura; nous côtoyions depuis un certain temps cette rivière pour passer dans une autre vallée et atteindre Thionet lorsque, par suite de l'éboulement d'une partie du chemin, nous fûmes contraints de continuer notre expédition par le passage d'une montagne en forme de mamelon. Au sommet se trouvait un monument en pierres à moitié détruit, autour duquel on voyait d'autres pierres indiquant suffisamment des tombeaux; notre escorte put facilement en mettre quelques-uns à jour et nous découvrîmes des squelettes presque aussi décomposés que ceux que nous avions déjà rencontrés, et dans plusieurs de ces tombeaux nous trouvâmes des bracelets en verre; malheureusement quelques-uns se brisèrent d'une telle façon qu'il fut impossible de les reconstituer.

Trois de ces bracelets sont arrivés intacts à Paris et peuvent démontrer suffisamment l'état dans lequel étaient ceux que nous avions découverts; en effet l'un des deux est irisé d'une couleur argent doré, le second ne l'est que dans certaines parties. Le troisième est en verre noir et n'a aucune espèce d'irisation.

En dehors des fouilles et des études archéologiques que j'ai pu faire dans ce voyage, j'ai rapporté un certain nombre d'objets, (environ deux cents) beaucoup plus modernes et destinés à figurer

---

1. Nous avons vu à Tiflis un grand nombre de statuettes du même genre que fabriquent des Arméniens pour les vendre à des archéologues, un certain nombre de ces statuettes auraient même été rapportées en France par un missionnaire du Ministre de l'Instruction publique.

au musée des arts décoratifs; ce sont les types de presque toutes les industries et les arts même grossiers des populations du Caucase et de la Russie.

En outre, j'ai commencé l'enlèvement d'un monument considérable de l'art oriental dont j'espère en très peu de temps voir certaines parties à Paris ; dès que cette entreprise aura un résultat, j'aurai l'honneur de vous communiquer une note sur cette seconde partie de ma mission et sur l'état de ce monument qui serait unique dans les musées d'Europe.

GERMAIN BAPST.

ANGERS, IMPRIMERIE BURDIN ET Cie, RUE GARNIER, 4.

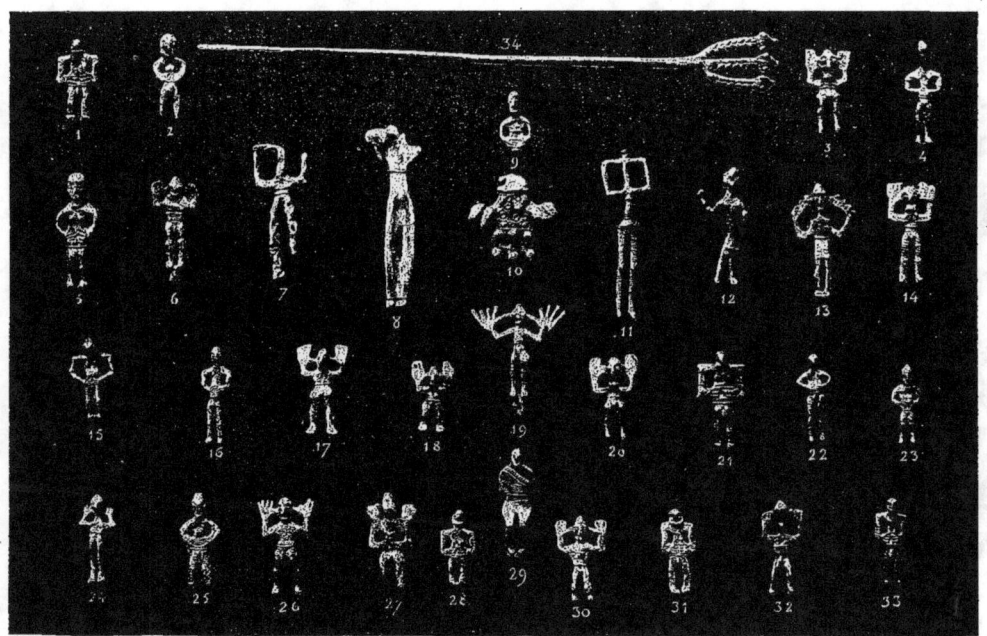

Pl. IV.

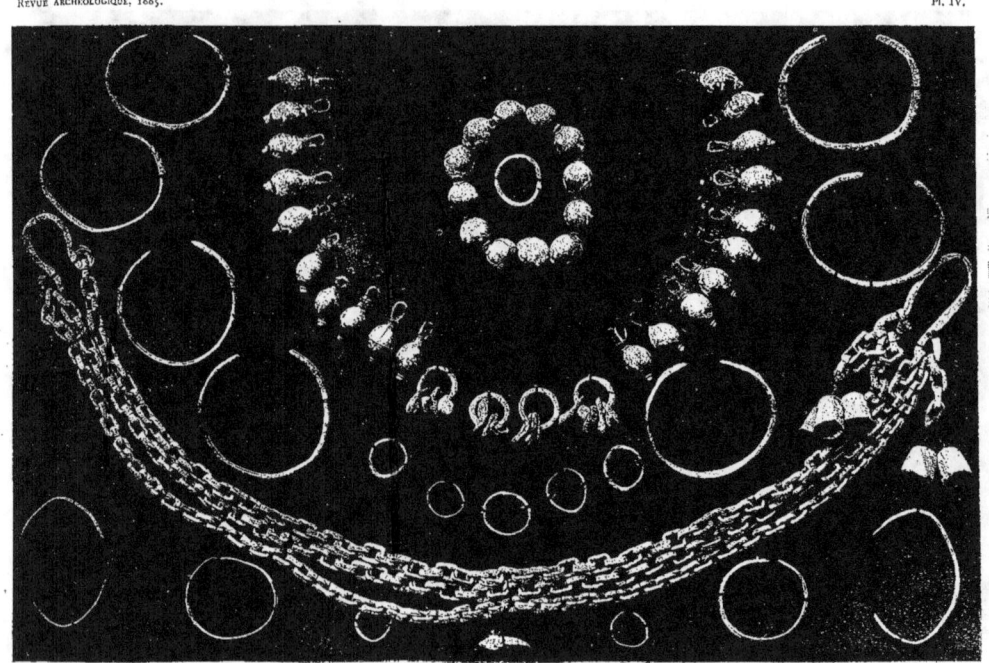

Fouilles de M. Bapst dans le Caucase.

BIJOUX.

Pl. V.

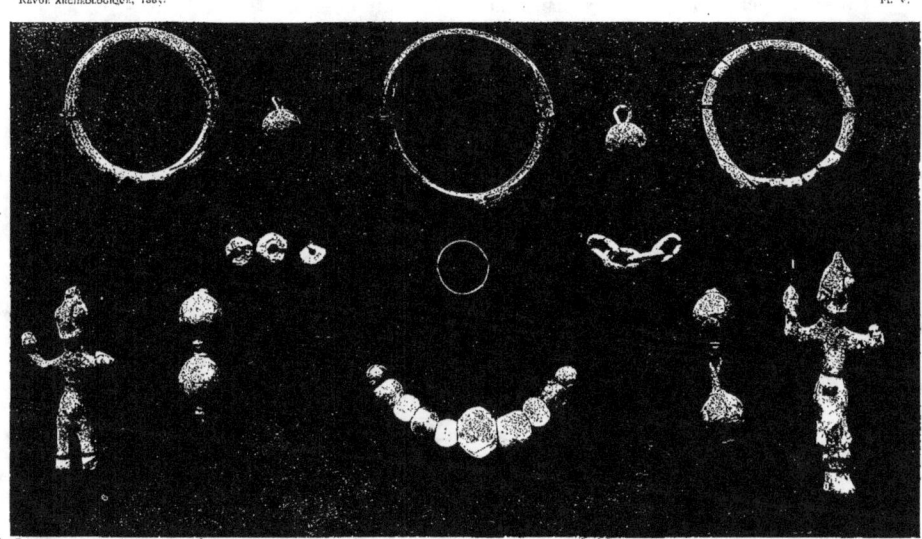

FOUILLES DE M. BAPST DANS LE CAUCASE.

BIJOUX.

BIBLIOTHÈQUE ARCHÉOLOGIQUE

COLLECTION DE VOLUMES IN-8° RAISIN, ILLUSTRÉS ET IMPRIMÉS AVEC SOIN

OEUVRES DE A. DE LONGPÉRIER, membre de l'Institut, réunies et mises en ordre, par G. Schlumberger, de l'Institut.

Tome I. — Archéologie orientale, Numismatique. Monuments arabes.....	20 fr.
— II. — Antiquités grecques, romaines et gauloises (1838-1861)......	20 fr.
— III. — Antiquités grecques, romaines et gauloises (1862-1883)......	20 fr.
— IV. — Moyen âge et Renaissance (1837-1858)......................	20 fr.
— V. — Moyen âge et Renaissance (1858-1868)....................	20 fr.
— VI. — Moyen âge et Renaissance 1869-1883; Antiquités américaines.	
— Supplément. — Bibliographie générale................	20 fr.
Table générale (Sous presse).	

OEUVRES CHOISIES DE A. J. LETRONNE, membre de l'Institut, assemblées et mises en ordre par E. Fagnan.

Première Série. — Égypte ancienne. 2 volumes............	25 fr.
Deuxième Série. — Géographie et Cosmographie. 2 volumes.........	25 fr.
Troisième Série. — Archéologie et Philologie. 2 volumes..........	25 fr.

A. BERTRAND, membre de l'Institut, **La Gaule avant les Gaulois**, d'après les monuments et les textes ...... **6 fr.**

L'Éditeur de cette importante série acceptera, soit comme publications de son fonds, soit à titre de dépôt exclusif, tous les ouvrages sérieux d'Archéologie qui lui seront proposés.

VIENT DE PARAITRE

ANONYME DE CORDOUE

CHRONIQUE LATINE RIMÉE

DES DERNIERS ROIS GOTHS DE TOLÈDE ET DE L'INVASION ARABE EN ESPAGNE
Éditée et annotée par le P. J. Tailhan.
Un beau volume in-folio, avec 28 planches en héliogravure...... 50 fr.

JOURNAL DE BURCHARD

Johannis Burchardi Argentinensis, capelle pontificie sacrorum rituum magistri Diarium, seu rerum Urbanarum commentarii (1483-1506). Texte latin, publié intégralement pour la première fois d'après les manuscrits de Paris, de Rome et de Florence, avec introduction, notes, appendices, tables et index, par L. Thuasne.
3 forts volumes gr. in-8.................................... 60 fr.

RECUEIL DE VOYAGES ET DE DOCUMENTS

POUR SERVIR A L'HISTOIRE DE LA GÉOGRAPHIE
DEPUIS LE XIII° JUSQU'A LA FIN DU XVI° SIÈCLE
Publié sous la direction de M. Ch. Schefer, de l'Institut, et de M. H. Cordier.
Volumes I à VII.. 196 fr.
…ciété de Géographie vient de décerner à l'Éditeur de ce Recueil le prix Jomard.

Ernest LEROUX, Éditeur, rue Bonaparte, 28

MISSIONS SCIENTIFIQUES

BAPST (German). Souvenirs d'une Mission au Caucase. In-8 illustré. (Sous presse.)

GUÉRIN (Victor). Description géographique, historique et archéologique de la Galilée. 2 beaux vol. gr. in-8, avec une carte de la Galilée. 24 fr.

— Rapport sur une Mission en Palestine. In-8 . . . . 3 fr. 50

MISSION ARCHÉOLOGIQUE FRANÇAISE AU CAIRE. Mémoires publiés par les Membres, sous la direction de M. Maspero, membre de l'Institut. 1881-1884. Fascicule I. In-4, avec planches noires et en couleur. 25 fr.

— Fascicule II, sous presse.. In-4, avec 10 planches en chromolithographie . . . . 25 fr.

PINART (A.-L.). Catalogue des collections rapportées de la péninsule d'Alaska. In-8 . . . . 2 fr.

— Voyages à la côte nord-ouest de l'Amérique. — I. Histoire naturelle. In-4, avec 5 planches . . . . 8 fr.

— Bibliothèque de linguistique et d'ethnographie américaines. Volumes I à IV, in-4 . . . . 200 fr.

REVILLOUT (Eug.). Rapport sur une Mission en Italie. In-8 . . . 3 fr.

— Nouvelle chrestomathie démotique. Mission de 1878. In-4 . . . 25 fr.

— Le Procès d'Hermias. Rapport au Ministre sur une Mission en Allemagne et dans les Pays-Bas. Fascicule I. In-4, autogr. . . . 40 fr.

RÉVOIL (G.). Notes d'archéologie et d'ethnographie recueillies dans le Comal. In-8, illustré . . . . 2 fr.

ROUGÉ (Vte DE). Mission scientifique dans la Haute-Égypte. Inscriptions et notices recueillies à Edfou. 2 vol. in-4, avec 184 planches . . 60 fr.

SAINTE-MARIE (E. DE). Mission à Carthage. Gr. in-8 illustré de 400 dessins inédits . . . . 15 fr.

SARZEC (E. DE). Découvertes en Chaldée. Ouvrage accompagné de planches, publié par les soins de M. Léon Heuzey, de l'Institut. Première livraison, in-folio avec 30 planches en héliogravures . . . . . 50 fr.

UJFALVY (Eug. DE). Expédition scientifique française en Russie, en Sibérie et dans le Turkestan. 5 vol. in-8 dont 2 atlas de planches. 77 fr.

— Les cuivres anciens au Cachemire et au Petit-Thibet. In-8. Ill. 15 fr.

REVUE D'ETHNOGRAPHIE, publiée par M. le Dr Hamy, sous les auspices du Ministère de l'Instruction publique. Abonnement annuel. 25 fr.
Cette Revue contient de nombreux rapports ou fragments de rapports de Missions scientifiques.

ANGERS, IMPRIMERIE BURDIN ET Cie, RUE GARNIER, 4.